Un grave caso de Lengua Chivata

Picarona

Para mi padre, por enseñarme a tener carácter.

Gracias a los alumnos, los profesores y
los padres de la escuela Bell Field Elementary
por todo vuestro apoyo y ánimo.

–Julia

Puedes consultar nuestro catálogo en www.picarona.net

UN GRAVE CASO DE LENGUA CHIVATA
Texto: *Julia Cook*
Ilustraciones: *Anita DuFalla*

1.ª edición: noviembre de 2024

Título original: *A Bad Case of Tattle Tongue*

Traducción: *Júlia Gumà*
Maquetación: *El Taller del Llibre, S. L.*
Corrección: *Sara Moreno*

© 2006, National Center for Youth Issues, Tennessee, USA
Derechos de traducción al español
acordados con DropCap Inc.
(Reservados todos los derechos)

© 2024, Ediciones Obelisco, S. L.
www.edicionesobelisco.com
(Reservados los derechos para la lengua española

Edita: Picarona, sello infantil de Ediciones Obelisco, S. L.
Collita, 23-25. Pol. Ind. Molí de la Bastida
08191 Rubí - Barcelona - España
Tel. 93 309 85 25
E-mail: picarona@picarona.net

ISBN: 978-84-9145-769-5
DL B 13.560-2024

Impreso en SAGRAFIC
Passatge Carsí, 6 - 08025, Barcelona

Printed in Spain

Mi nombre es Josh.

La gente dice que tengo un gran problema para guardar secretos.

Todo el mundo me llama...

«¡Josh el Chivato!».

Cuando Tommy se cuela delante de Felipe a la hora
de comer, tengo que decírselo a la profesora…

porque eso ¡está **MAL!**

Cuando Carson cogió mi nuevo lápiz en la
clase, tuve que decírselo al profesor Cool…

porque eso ¡está **MAL!**

Durante el recreo, nadie quería jugar conmigo, así que tuve que quedarme de pie apoyado en la pared.

¡No es culpa mía que Bobette no quisiera compartir sus dulces con Edith! Tenía que decirlo...

porque eso ¡está **MAL!**

En casa, delaté a mi perro Max. ¡Había mordido la alfombra nueva de mamá y lo vi hacerlo!

Y también tuve que chivarme de mi hermano Teddy. ¡Me quitó el mando de la tele de la mano! ¡Está mal!

—Joshua Jacob Jones, ¡estoy cansada de que delates continuamente a los demás! Si no paras, vas a tener la Lengua Chivata.

—¿Lengua Chivata?

¿Qué es la Lengua Chivata?

La Lengua Chivata no es buena.
La Lengua Chivata te hará sentir pena.

Tu lengua se volverá amarilla y te empezará a picar.
Y antes de que te des cuenta te empezarás a agitar.

Luego tus dientes
empezarán a rascar...

Pica, **Pica**,
Rasca, Rasca,
Agita, **Agita**,
Pega, Pega.

Manchas moradas
empezarán a salir
en *tu lengua*
y entonces sabrás
que Lengua Chivata,
es lo que tendrás.
Y la Lengua Chivata
¡no es *nada* buena!

—Ah, y, por cierto, cada vez que delates a alguien, tu lengua amarilla y morada
va a ser más y más larga. ¡Podría crecerte tanto que no te cabría dentro de la boca!

Corrí hacia el baño, me miré al espejo
y saqué la lengua.

No era amarilla, y tampoco tenía
manchas moradas…

¿o sí?

Me acerqué para echarle un buen vistazo.

Mi lengua no se veía más larga, y parecía
que me cabía dentro de la boca.

Aun así, no podía estar seguro.

El día siguiente en la escuela, escuché a Billy decirle a Tommy que iba a meterse con Edith después de clase.

Corrí hacia el profesor Cool para delatar a Billy, pero cuando abrí la boca, todo lo que podía pensar era en lo que mamá me había contado...

Pica, **Pica**,
Rasca, Rasca,
Agita, **Agita**,
Pega, Pega.

—Sí, Josh. ¿Qué puedo hacer por ti?

—Uhhh… se me ha olvidado –dije.

Y volví poco a poco hacia mi asiento.

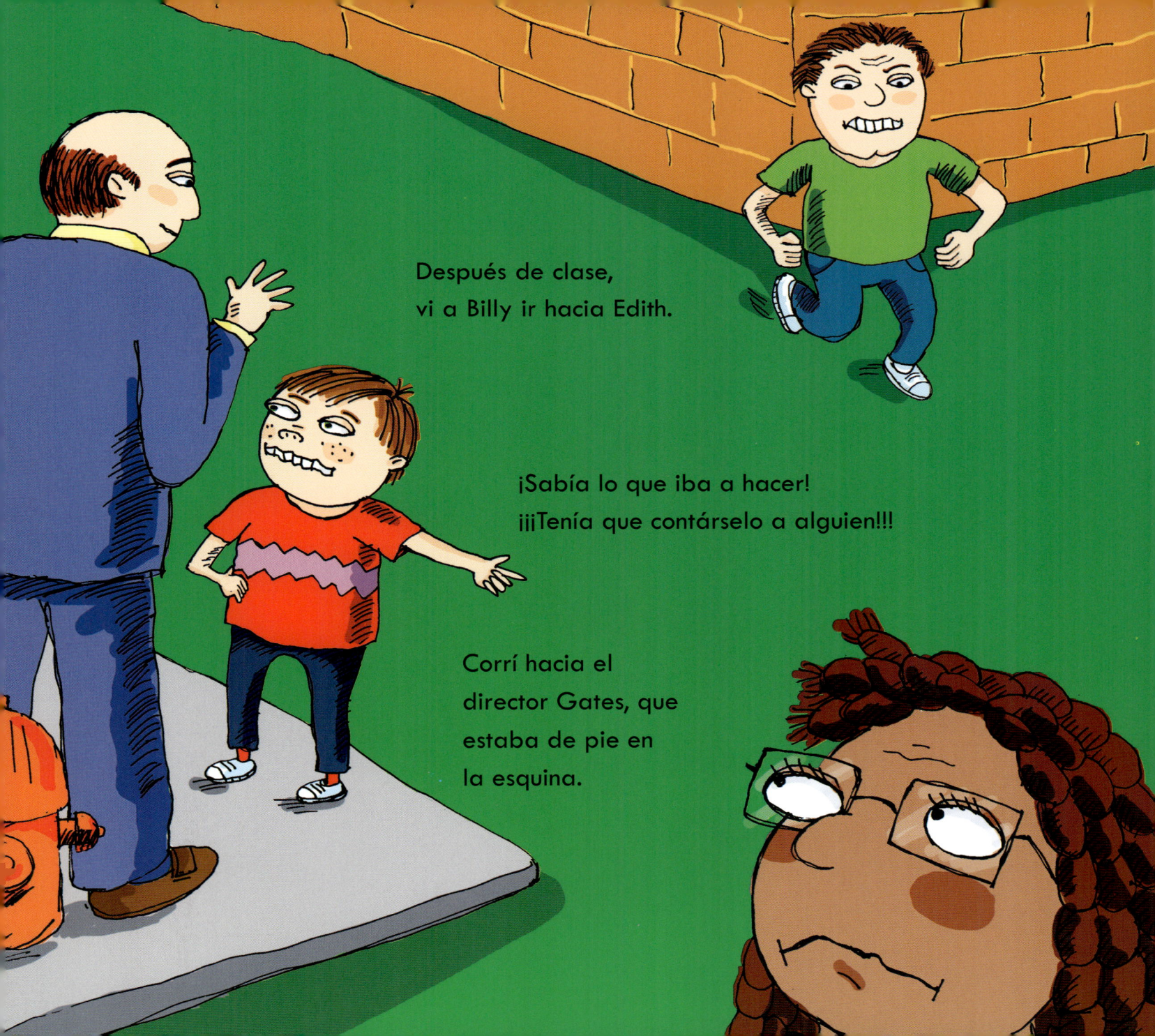

Después de clase,
vi a Billy ir hacia Edith.

¡Sabía lo que iba a hacer!
¡¡¡Tenía que contárselo a alguien!!!

Corrí hacia el
director Gates, que
estaba de pie en
la esquina.

—Hola, Joshua. ¿Qué puedo hacer por ti?

Abrí la boca para delatar a Billy,
pero luego recordé lo que mi mamá
me contó.

Pica, **Pica,**
Rasca, Rasca,
Agita, **Agita,**
Pega, Pega.

—Uhhh… Lo he olvidado.

Luego, me giré
y me fui hacia casa.

Cuando estaba durmiendo esa noche,
el Príncipe Chivato me hizo una visita.

—Joshua, he visto que tienes
un gran problema para guardar secretos.

Miré hacia arriba y vi que estaba mirando mi boca.
Y justo entonces, mi lengua empezó a picar...

Pica, **Pica**, Rasca, Rasca!

Me senté, me miré al espejo y saqué la lengua.

¡Estaba amarilla y tenía manchas moradas!

Y definitivamente era más larga.
¡Era TAN larga que hasta se me salía
de la boca cuando la cerraba!

¡¡¡Tenía
Lengua Chivata!!!

Pero esta vez no me había chivado.

¡Quería delatar a Billy,
pero me lo guardé!

Eso no habría sido chivarse, Josh. Eso habría sido avisar.
Billy habría podido hacer daño a Edith.

—Avisar... Chivarse... ¿Cuál es la diferencia?

—La diferencia es el **PELIGRO**.
¿Estaba Edith en peligro?

—Creo que sí.

—Entonces **deberías** haber avisado a alguien.

El otro día, cuando Tommy se coló delante de Felipe, ¿estaba alguno de ellos en peligro?

—No.

—Eso, amigo mío, era chivarse, y ésa es la razón por la que tu lengua tiene esas manchas moradas. Tienes que aprenderte las Normas de Chivarse.

—¿Hay normas para chivarse?

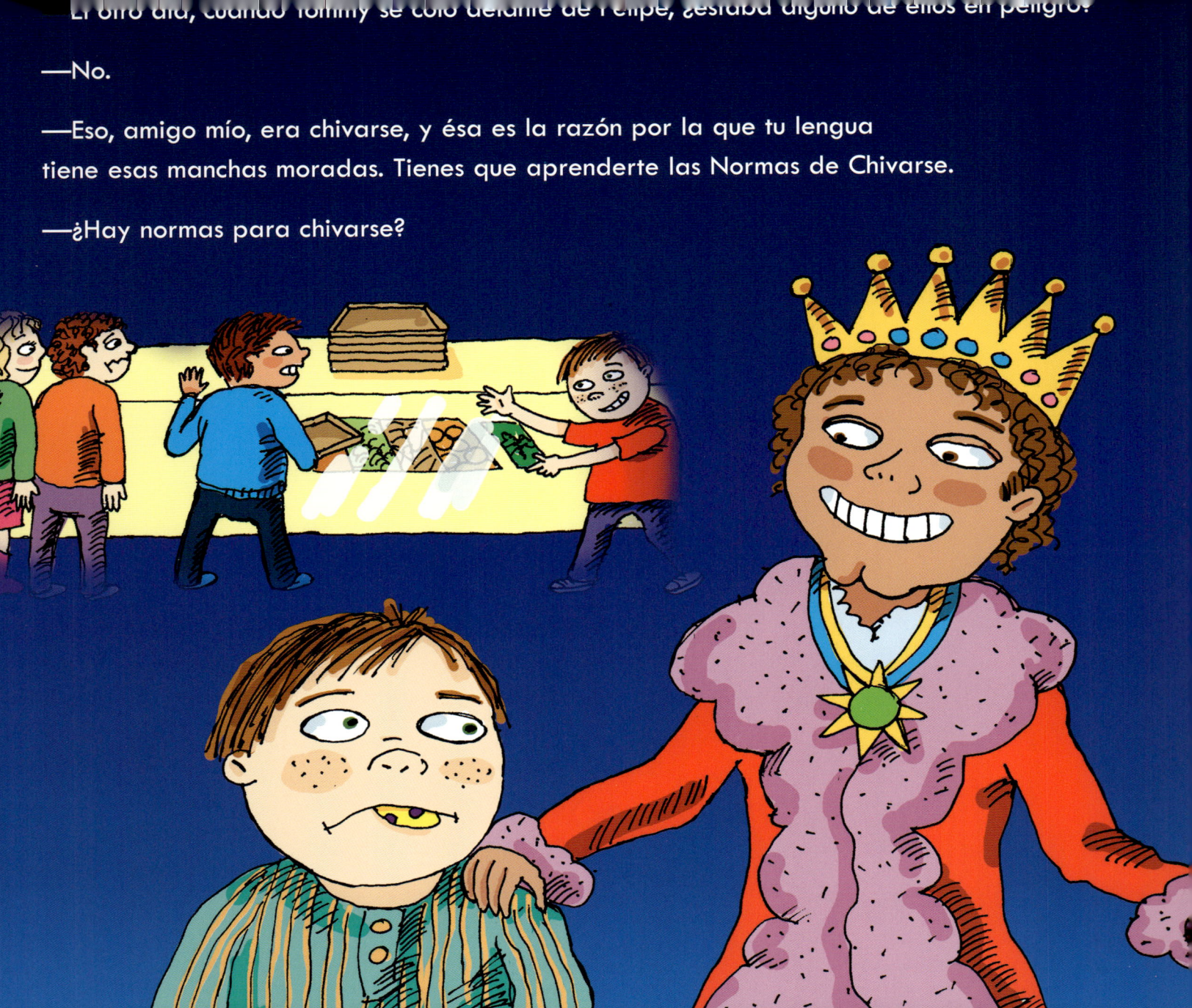

—Hay normas para casi todo, y si quieres solucionar esa lengua tan rara, ¡tienes que aprenderlas!

El Príncipe Chivato desenrolló un largo trozo de papel lujoso. Caramba, ¡hay muchas normas sobre chivarse!

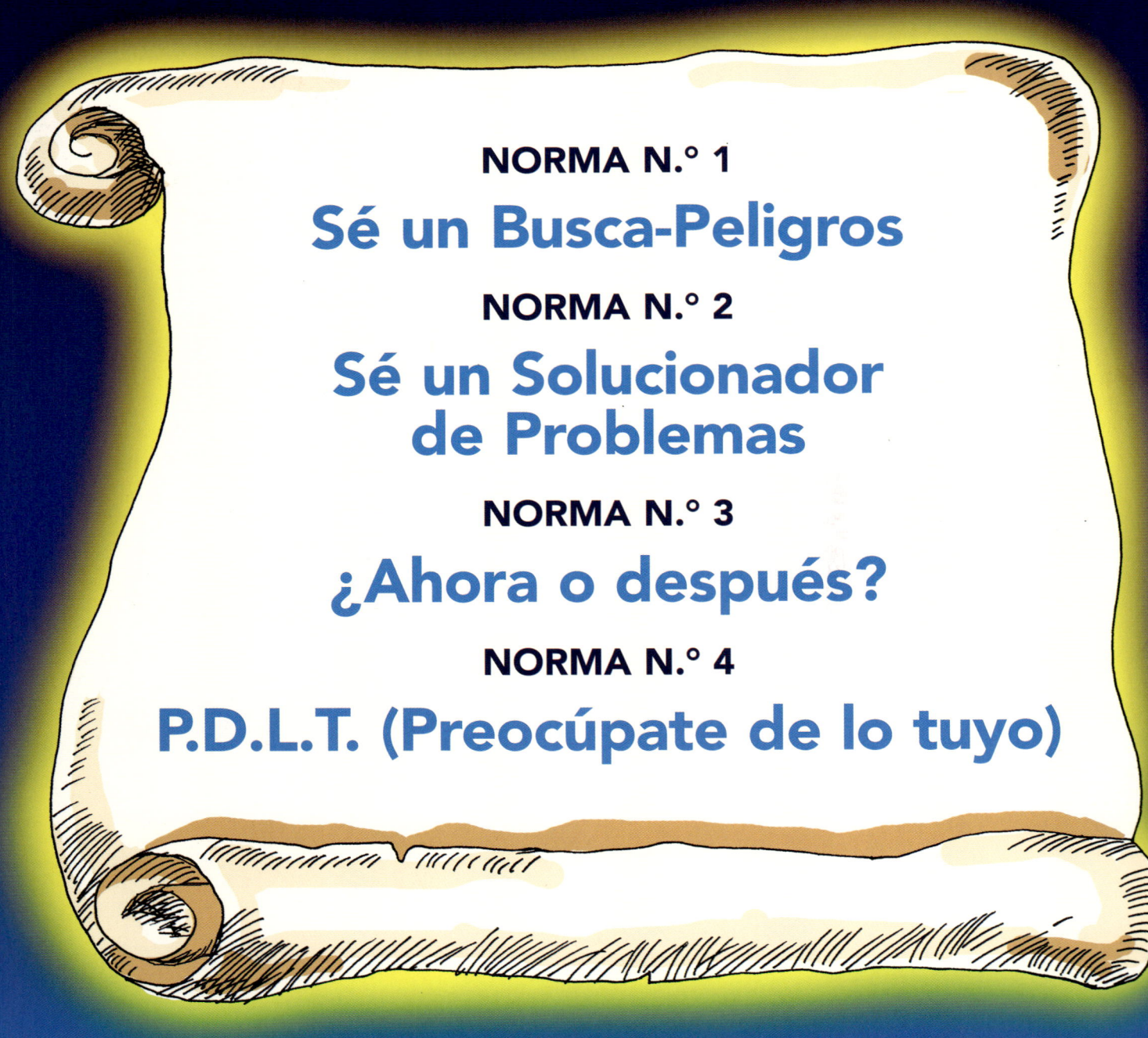

NORMA N.º 1

Sé un Busca-Peligros

NORMA N.º 2

Sé un Solucionador de Problemas

NORMA N.º 3

¿Ahora o después?

NORMA N.º 4

P.D.L.T. (Preocúpate de lo tuyo)

NORMA N.º 1

Sé un Busca-Peligros

Si una persona o animal está en peligro, ¡<u>debes</u> decírselo a alguien!

—Cuando Edith estaba en peligro, ¿avisaste al director Gates?

—No, porque estaba intentando no chivarme.

—Cuando el peligro es una posibilidad, contarlo no es **NUNCA** chivarse.

NORMA N.º 2

Sé un Solucionador de Problemas

Si el problema te afecta, hazte cargo y esfuérzate por resolverlo tú primero.

—Cuando Carson te quitó el lápiz, ¿le pediste educadamente que te lo devolviera?

—No, fui al profesor Cool, pero estaba en mitad de explicar un problema de matemáticas, y tuve que interrumpirle. No le gustó, y tampoco a algunos de los niños de la clase.

—La próxima vez, mira qué puedes hacer para solucionar el problema tú mismo.

¿Ahora o después?

¿El problema se puede solucionar AHORA o se podría solucionar DESPUÉS? ¿Puede ser que se solucione un poco más tarde?

—Cuando Carson cogió tu lápiz, ¿tenías otro que podías haber utilizado?

—Sí, pero no era mi lápiz nuevo.

—¿Era un lápiz con el que podías escribir?

—Supongo que sí.

—Entonces, podrías haber usado ese lápiz hasta que el señor Cool tuviera tiempo de hablar contigo.

NORMA N.º 4

P.D.L.T.

**¡Preocúpate de lo tuyo!
Si el problema no es peligroso
y tampoco te incluye,
¡NO TE CHIVES!**

—Como el otro día, cuando delataste
a Bobette por no querer compartir
sus dulces con Edith…

—¿También sabes eso?

—¿Quién te crees que te ha dado
la Lengua Chivata? Cuando se trata de
chivarse, ¡yo lo sé TODO! Lo que pasó con
Bobette no era peligroso y tampoco tenía
nada que ver contigo, así que no tenías
que haberle dicho nada a nadie.

—Joshua, si no solucionas esto, tu Lengua Chivata va a seguir

creciendo y creciendo.

¿Crees que te gustará tener una lengua tan rara que siga creciendo durante el resto de tu vida?

—No.

—¡Entonces apréndete las normas, amigo! Si el problema no es peligroso y no te incluye…

¡NO TE CHIVES!

—Sí, señor.

—Es ¡Sí, Su Majestad!

—¡Sí, Su Majestad!

El Príncipe Chivato me miró y sacó una varita mágica de su cinturón y la movió en el aire.

El Príncipe Chivato apuntó con el final de su varita a mi cara, y con una bocanada de humo amarillo y lila, ¡desapareció!

Sentí algo extraño en mi boca. Cogí un espejo y saqué la lengua. ¡¡¡Estaba cubierta de pequeñas piezas de purpurina amarilla y morada!!!

Cuando me desperté la mañana siguiente, encendí la luz
y corrí hacia el espejo para comprobar mi lengua.

No era amarilla...
No había manchas moradas...
¡Tampoco purpurina!

¡¡¡Mi caso de Lengua Chivata
se había **SOLUCIONADO**!!!

Cuando llegué a la escuela, me sentía
bastante bien conmigo mismo.

¡Con la ayuda del Príncipe Chivato
ahora era un experto en chivarme!

Cuando hacíamos cola para entrar, Eddy empujó a James y se coló delante de otros dos niños para así poder ir primero. Quería chivarme, pero recordé lo que mi mamá me había dicho…

Pica, **Pica,**
Rasca, Rasca,
Agita, **Agita,**
Pega, Pega.

Y lo que el Príncipe Chivato me había enseñado.

P.D.L.T – Preocúpate de lo tuyo. Si el problema no es peligroso y no me incluye, ¡no tengo que chivarme!

Así que decidí no hacerlo.

Stewart se dio cuenta en seguida.

Y me preguntó si me quería
sentar con él durante la comida.

¡Y también quizás
me pregunte si
quiero jugar con él
en el recreo!

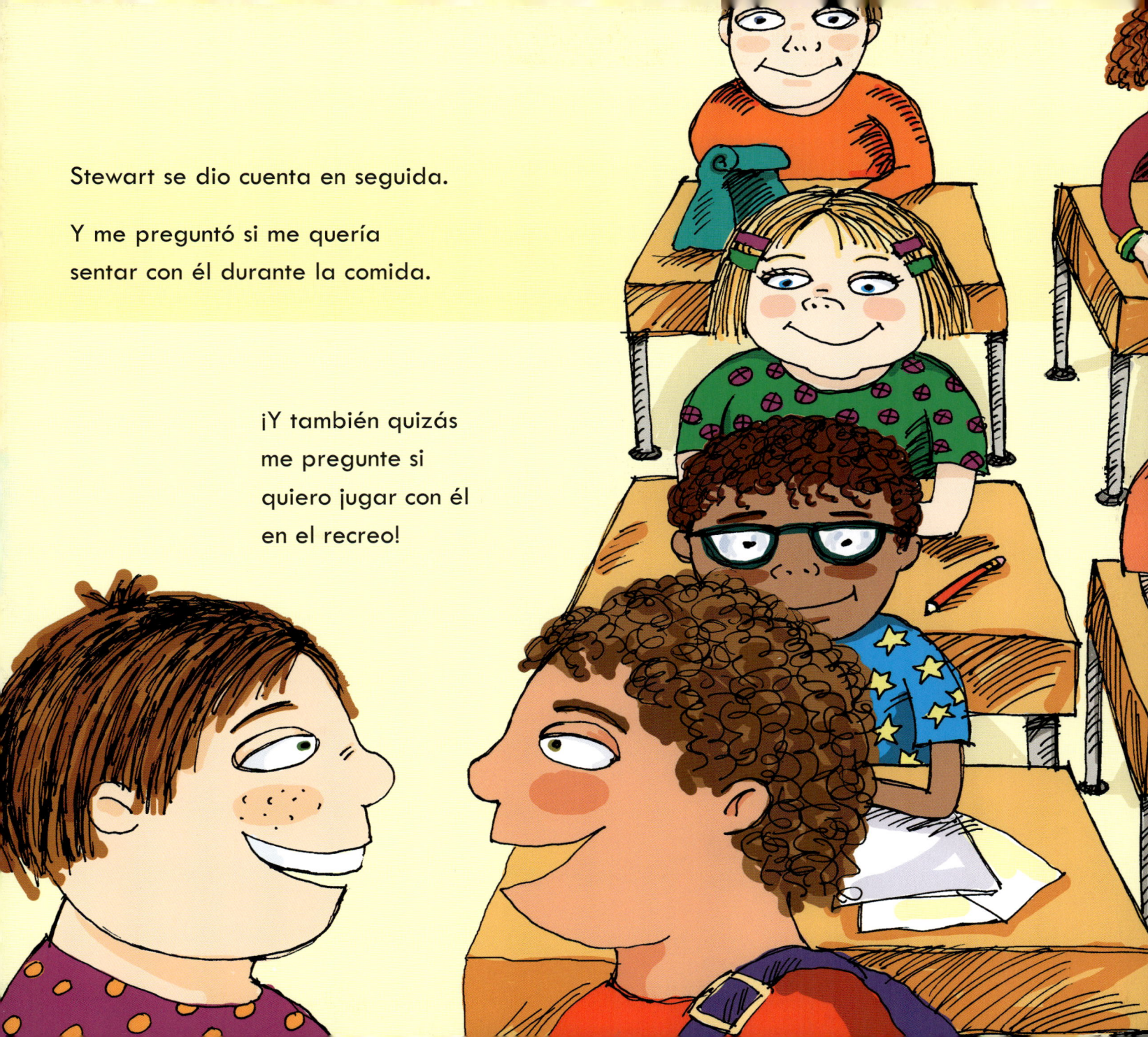

Cuando entré en la clase, no podía creer lo que veían mis ojos. El señor Cool estaba tan cansado de que todos nos delatáramos, que había escrito sus propias **NORMAS DE CHIVARSE** en la pizarra. Y me resultaban bastante familiares...

NORMA N.° 1

Sé un Busca-Peligros

NORMA N.° 2

Sé un Solucionador de Problemas

NORMA N.° 3

¿Ahora o después?

NORMA N.° 4

P.D.L.T. (Preocúpate de lo tuyo)

Metió la mano en su maletín y sacó un puntero nuevo y reluciente. Justo cuando señalaba la primera **Norma de Chivarse**, algo brillante cayó al suelo.

Era... ¿Podría ser que fuera?

¡¡¡Lo era!!! ¡¡Era purpurina amarilla y morada!!

Pica, **Pica, Rasca,** Rasca, Agita, *Agita,* **Pega,** Pega.